詩集

一本の草は思った

福冨健二

土曜美術社出版販売

詩集　一本の草は思った＊目次

I

II

詩集

一本の草は思った

I

一本の草は思った

ずっと　ずっと　昔
大きい木の下で一本の草は思った
（思ったに違いない）
樹齢三百年の楠の木にはなれない
樹齢百年の桜にも　五十年の楓にも
名前も知らない小さな木にも　なれない
木になる種子がひとつもないのだから
十本集まっても　百本集まっても
千本集まっても　木にはなれない

だから　草は思ったに違いない
大空には近づけないから大地と仲良くなろう
(思ったと思う)
一万本　十万本集まれば
百万本　千万本集まれば
大地は心を開いてぼくらを受け入れてくれる
遠い　遠い　未来の　ある日
ぼくらは草原という名で呼ばれ歓迎されているだろう
どこまでも大地のある限りどこまでも広がっていこう
世界の草原でたくさんの人が輪になり弁当を開く
遊戯をする　球技をする　合唱をする
愛や友情　夢や希望について　語り合う
傷の癒し　心の再生を求める人も　きっとあらわれる
草の衣にくるまり　草の温もりに身をゆだねて

大地と仲良くなり　どこまでも広がっていく
一本の草の思い　思いを受け継ぐ
長い　長い　草の営み
草の望みが　はじめて実を結ぶ
ずっと　ずっと　昔
大きい木の下で一本の草は思った
（思ったに違いない）

緑きらめく五月の草原にあふれている
草の思い

木蓮

落ちているのではない　木の葉は
地上に向かって飛び立っているのだ
緑の日の光と風を抱え一枚の葉の最後の役割を果たすため

落ちているのではない　木の葉は
地上に向かって飛び立っているのだ
地中で土への時を過ごし緑の日の光と風の結晶を得るため
落ちているのではない　木の葉は

地上に向かって飛び立っているのだ
根毛から再び枝に還り緑の日の光と風の結晶を届けるため

冬の凍る大気に枝を刺して庭の木蓮はただひたすら待っているのだ
まだ見えない新しい芽に満ちてくる遠い日の光と風を……

名前

バラに
アジサイと呼んでみたり
ヒマワリと呼んでみたりしたら
わたしはバラよ
赤の花びらで炎のように燃えあがる

アジサイに
ヒマワリと呼んでみたり
バラと呼んでみたりしたら
わたしはアジサイよ

青の花びらで雨のように注いでくる

ヒマワリに
バラと呼んでみたり
アジサイと呼んでみたりしたら
わたしはヒマワリよ
黄の花びらで波のように寄せてくる

バラもアジサイもヒマワリも
名付けられる前はどんなふうに呼ばれていたのだろう

だけどバラもアジサイもヒマワリも
名付けられた名前で呼ぶと
それ以外の呼び方は初めから少しもなかったように思えてしまう

朝は

バイクの音がだんだん大きくなり
階段を上がる足音がして
カチャッと郵便受けが鳴り
今日も新聞が配達されたように
朝は来るのではない
配達されるのだ
バイクの音も
階段を上がる足音も
郵便受けがカチャッと鳴ることもない

しかし気が付けば
朝は今日も配達されている

新聞を開けば
文字の行列と何枚もの写真が
昨日の出来事を語っている
朝は開いても真っ白だ
文字の一つ写真の一枚もない
しいんと黙っているばかり
どうしても放っておけない
いそいで起き出し
文字を拾い写真を並べる
出来不出来はともかく
編集が終わる頃にはもう夜更けになっている

朝は来るのではない
配達されるのだ
瞳を凝らし
天空をまっすぐ見上げても
見えない大きな手によって
眠りから目覚めるのは
未明の空の奥から一人ひとりに朝が配達されてくるからなのだ

流木

訝しさのあまり繰り返し確認する
しかし砂浜で拾った流木の輪郭はいくど彫り直しても指を切りついに彫り上げられず海に流した熊鷹の像そのものである
認められる違いは腐食で欠けた嘴の先端と両足の爪くらいだ
回遊しながら波の手に三十年も磨かれ朽ち果てず夕暮れの砂浜にふたたび打ち上げられる（ありえるはずがない）

もはや熊鷹を彫る鑿もないのにおそらく記憶の残滓が一瞬の
幻となって網膜に結ばれているのだ

記憶は生きている

ここに
一つの出来事がある
分かり切ったことだが
出来事は
出来事に
遭遇した人の
主観の筆で
描かれ
記憶される

だから
記憶には客観の完成はない
あるのはただ客観的であろうとする
あろうとする主観があるだけである
分かり切ったことだが
記憶は主観の技術で描かれる
主観は時の敵ではない
時の視線に晒されると
主観の線はひとりでに歪曲し
主観の色はおのずから褪色する
氷室の氷のように
ゆっくりと
出来事の記憶は変容し
もはや

ここにある
一つの出来事の
正確な
一部始終は
誰にも分からない
分かり切ったことだが
記憶は生きている
だから
小さな世間も
大きな世界もときどき激しく混乱する

わたしの姿がこの十字路を曲がって見えなくなれば

わたしには多くの人が出会っています。
わたしの姿はしかし肉眼では見えないので出会った人も
すぐに忘れてしまいます。
あなたがわたしに出会ったとくり返し訴えてもあなたの
言葉を信じる人は誰もいないでしょう。
わたしは人間の直感でしか認知されない存在なのです。
あなたがわたしに出会えたのはあなたの直感を通してわ
たしの成分が万分の一秒間あなたの全身を包み込んで
しまったからなのです。

あなたの肉眼がその瞬間わたしの姿をとらえることができたのです。

わたしは多忙なので偶然あなたと遭遇したこの十字路からもう行かねばなりません。

あなたにはわたしはまだ必要ではありません。

わたしはあなたの胎児の日からあなたのことを熟知しています。

あなたのことはだから決して忘れません。

あなたもわたしの一瞬の姿をあなたの記憶に封印できればこの十字路からわたしの姿が消えてしまってもいつでもわたしを感じることができるでしょう。

あなたはしかしすぐにわたしのことは忘れてしまいます。

　ぼくは忘れません。

ぼくは決して忘れません。

わたしにはじめて出会った人は異口同音に明瞭な声で激しく訴えます。

わたしを忘れなかった人はしかし一人もいません。

あなたにも無理でしょう。

わたしを記憶する特別の装置があなたにはまだ十分に備わってはいません。

わたしの姿がこの十字路を曲がって見えなくなればあなたは瞬時にわたしのことは忘れてしまいます。

あなたの記憶の片隅にも残りはしないでしょう。

あなたにわたしが本当に必要になればわたしはあなたの真正面にいつでも姿をあらわします。

あなたがわたしを必要としふたたびわたしに出会うのはおそらく五十年後ぐらいでしょう。

あなたのことを細部まで詳細に記憶しているわたしには

もっと正確に分かります。

わたしの記憶がまったくないあなたはしかしあなた自身のことに没頭して全身の五感でわたしと出会うようになるまでにはそれだけの時間は十分にかかります。

希望細胞

十万年の昔。
母細胞のわたしは、銀河の彼方の星でさまよい歩く人間の無垢の祈りに応えて、限りなく増殖し無数に分裂して人間の心に一粒の細胞を電送しました。細胞はわたしと人間を結ぶ唯一の媒体でした。

新しい細胞に人間は希望細胞と命名しました。希望細胞はいつの時代もすべての人間に激しく求められました。

人間の祈りで誕生した希望細胞には人間の純粋無垢の祈りが不可欠なものでした。絶対純粋の水位で持続される祈りがある限り、希望細胞はどのような状況の中でも生き続けることができました。

しかし肉体のある人間には、絶対純粋を保つ無垢の祈りはしばしば重い苦役になりました。安楽の季節が続くと祈りの純度は落ち無垢は濁り、変容する祈りの形に希望細胞の媒体機能はしだいに衰えていきました。

一万年の昔。

祈り求めても得られない明証に、ついに希望細胞を手放し、母細胞のわたしから離れる人間が生まれ始めました。

しかし孤独と漂流の苦痛に耐えて長い歳月を生き続ける

ことのできる人間はいません。安楽の季節も長く続くことはありません。ふたたび襲ってくる恐怖に希望細胞を手放した人間は、他人の希望細胞に自分の希望を託す方法を考案するようになりました。

人間の祈りに支えられて生存する希望細胞は、祈り続ける人間とでなければ生きることはできません。しかし一人の人間の中に生息できる希望細胞の数量には限界があります。希望細胞が一人の人間に集中すれば、肥大化する希望細胞そのものの重量に耐え続けることができる人間はいません。命をかけて無垢の祈りを捧げることのできる人間はまれにしか誕生しません。多くの人は嘆き悲しみながら手放した希望細胞を求めてさまようしかありません。

紀元二千年。

今では、昼の空でも、夜の空でも、手放された希望細胞が夥しく浮遊しています。時が来れば、消滅するしかない存在の希望細胞が、宿主である無垢な祈りの器を持つ新しい人間を探し求めているのです。母細胞から託された使命を果たすために。

苦役の時こそ希望細胞は手放してはいけません。銀河の彼方の星でさまよい歩き孤独に倒れたくなければ。

あなたの希望細胞は、誰のものでもありません。

しかし、今、また一つ、希望細胞が消滅しました。

市民感覚

貴方も　私も　彼も　彼女も
市民である　ということは
貴方の　私の　彼の　彼女の
感覚は　市民感覚である
ということ　でもある　しかし
貴方の　私の　彼の　彼女の
感覚は　土台は同じでも　細部で異なり
一つとして　同じものは　ないのである
だから　すべての人が　市民である　と

定められていても　ときおり
一人の人が　市民である　と
認められないことも　起こる　のである
貴方も　私も　彼も　彼女も
確かに　間違いなく　市民である
しかし　それは　同時に
貴方も　私も　彼も　彼女も
否応なく　市民という　同じ言葉に　括られていく
ということ　なのである
貴方の　私の　彼の　彼女の　感覚も
市民感覚　という言葉に　否応なく　括られていき
異なる　細部の　感覚は
市民感覚という言葉で　魔法のように消されていく
ということ　なのである

二つのものを混ぜ合わせ　攪拌すれば
化学変化で　別のものが生まれてくる
異なる　いくつもの感覚を触媒に
生まれてくる　市民感覚は
増殖し　変異し　増殖し　変異しながら　ときに
怪物のように成長する　かもしれない　のである
誰のものでもあり　同時に　誰のものでもない
市民感覚が　爆弾よりも　恐ろしいものに　なることも　あるのである

舌について

舌はいまでも一枚だ
ためらいもなく君は言う
しかし一枚であるはずはない
百面相のこの世に一枚の舌で立ち向かえば
無傷ではいられない
時には致命傷にもなりかねない
難破しないで
無事にあの世に渡るため
誰でも難儀しながら

ひそかに二枚目の舌を培養している
二枚目の舌は
咽の奥深くほとんど心臓に近いところにできる
肉眼では少しも分からない
青春期を一昔も過ぎて
舌が一枚である人は
同情するにしてもはっきり言えば発育不全である
一日だけでも七変化の表情がある
こちらでにこやかに追従し
あちらでひややかに揶揄するには
一枚の舌では荷が重い
こちらとあちら
あちらとこちらの
平衡感覚を保つ二枚の舌がなければ

高波横波が不意に襲ってくる
この世は渡り切れない
難破しないで
無事にあの世に渡るため
誰でも難儀しながら
ひそかに二枚目の舌を培養している
本当に君はまだ一枚なのか
もしそうであるなら
二枚目の舌についてもっと真剣に考えるべきだ
血まみれになる君の姿を
ぼくは見たくはない

永遠に

　永遠という時は、どれくらいの時間であるのか想像できなくて福武書店の国語辞書を開いて見たら「時が未来へ果てしなく続くこと」とあったので、益々想像できなくなってしまった。

　未来へ果てしなく続くということは終わりがないということであり、終わりがないということは始まりもないということにもなるだろう。そうなると始まりも終わりもないということになり一体どういうことなのかと分からなくなってしまうのだ。

百万年にも千万年にも始まりがあって終わりがある。動物も植物も地上のあらゆる命にも始まりがあって終わりがある。天空の星にも誕生があるから終焉がある。終わりのある時は億万年でも想像できるが、終わりのない時はどうしても想像できない。つまりどれくらいの時間であるのか具体的に説明できないのである。

福武書店の国語辞書には、もう一つ「時間を超越して存在すること」ともあるが、時間を超越するということは、過去にも未来にも自由に行き来できることでもあるだろう。しかし過去にも未来にも自由に行き来できればそれは現在だけということになってしまう。そうなると過去も未来もなくなり一体どういうことなのかとやはり分からなくなってしまうのだ。

永遠の真理というように、時間に作用されない世界があるのだろうが、時間の世界で生きているので、時間に浸食されない世界がどういうものであるのかやはり具体的に想像できないのだ。つまり永遠について腑に落ちるという直観的な理解ができないのである。

福武書店の国語辞書には永遠という言葉の記載があるが、ぼくの辞書にはまだないということなのだろう。記載できるようになるには、これからも永遠という言葉の意味を求めて問い続けるしかない。

おそらく永遠に。

Ⅱ

毒人間

テングタケ　ドクツルタケ
ツキヨタケ　ドクササコ
毒キノコってたくさんあるんだね
日本にも数十種類あるんだって
裏の山にもきっとあるよ
おじいちゃん　だけど
まちがえることはないよね
キノコ採りの名人だから
でも　どうしてキノコに毒があるんだろう

毒がなければどんなキノコも食べられるのに
さあ　どうしてだろうかね
裏の山にも毒キノコはあるよ
毒があるかないかは一目で分かる
しかし　キノコにどうして毒があるのか
それは大学の先生でないと分からないね
でも　昔から毒も薬というから
毒もなければならないものだよ
毒があるのもそれなりの理由があるはずだ
毒は人間には危険なものだけど
キノコには大事な栄養なのかもしれないしね
人間に危険なものだから
毒として区別しているのは
人間の側の言い分だよ

キノコにはキノコの言い分があるかもしれない
ああ　そうか　そうだよね
ぼくが裏の山のキノコだったら
ぼくを採って食べる人間は危険なものだ
キノコからすれば人間は危険な毒人間だ
あれっ　でも　だったら
おじいちゃんは最強の毒人間になってしまう
そうかもしれないね
裏の山のキノコにとっては

雨宿り

ししと淋しい雨だから
今日は朝から本を読む
むずかしいものは敬遠して
本は漫画にする
たとえば
流れ星銀
北斗の拳
白い戦士ヤマト
それから

火の鳥
カムイ伝
銀河鉄道９９９
少年の日のように我を忘れて
しとしと淋しい雨の
雨宿りに

不意

いけないことだ
庭先を通る人に不意に吠えかかっては
犬だから　といっても
（ぼくはビックリして転びそうになったよ）

いけないことだ
庭で寝ているのに不意に足音を響かせては
人だから　といっても
（俺はビックリして大声で吠えかかったよ）

一番いけないのは不意だ
不意が不意にあらわれるものだから
ぼくも俺もバランスを崩してしまったのだ
不意はもっとタイミングを考えるべきだ

ココ茶

コーヒーにする
紅茶にする
お茶の時間
妻が聞く
わたしは答える
コーヒー　でもいい
妻の声が
少し強く響いてくる
でも　ではなくて

どちらが　いいの
どちらがいいのか　わたしは考える
しばらく考え　それから答える
コーヒーがいい　コーヒーを入れてください

遠い昔　母ともそんなやりとりをしていたような気がする
最近は　娘ともそんなやりとりをしていることがある

どちらがいいのか　はっきりしてください
ということなのだが　どちらでもいいと
素っ気ないのでは　決してない
コーヒーでも　紅茶でも
どちらでもいい気分の時が
本当にあるのだが

今日　お茶の時間に
でも　と言いかけて
幻聴でも響いてきたのか
あわてて
わたしは言っていた
ココ茶がいい
ココ茶を入れてください

干し柿

おばあちゃんの手のひらで
くるくる回りみるみるうちに長いヒモになる
つぎつぎに裸にされる柿の
うすい皮のヒモが切れることは一度もない

畑の横に
大きな渋柿の木が一本ある
秋になると

干し柿をつくるのがおばあちゃんの楽しみなのだそうだ

ぼくには持てそうもない
カゴいっぱいの柿を裸にすると
縄につるして風通しのよい縁側の軒下にかけながら
おばあちゃんは
ぼくに言う

お正月には
おいしい干し柿になるからね

絵本

まっすぐ伸びるイチョウの木
四方に枝を張るクスの大木
神社の横を流れる小川
小川にかかる古びた木の橋
橋のたもとで釣り糸をたれる少年

鳥居の前で
ゆるやかに右に曲がり
畑中を蛇行しながら
遠景の
山並みに
小さくなっていく
道

絵本を開けば
古里の景色が部屋いちめんにあふれてくる

サボテン

今年の夏の　季節はずれの長雨で
サボテンが死んだ　死んでしまった

今年の春に　直径三十八センチ
高さ三十センチの　分厚い鉢に植えかえて

重くなって　手軽に運べないほど
重くなって　重くなってしまって

夏だから　雨の日も　きっと大丈夫
大丈夫　大丈夫と油断して　油断してしまって

直径二十一センチ　高さ二十八センチのサボテンの
十七年目のサボテンの　形は変形し　変形してしまって

水分過剰に　果肉が腐食し　崩壊し　崩壊してしまって
熱帯亜熱帯の　乾燥地帯の生き物なのは　知っていたのに

十六年目にピンクの花を四つ　色鮮やかに咲かせたのに
はじめて咲いた花だから　記念の写真も撮ったのに

十二年目に直径三十センチ　高さ二十四センチ
紋様入りの　立派な鉢に植えかえたのに

八年目に直径十九センチ　高さ二十一センチ
プラスチックの鉢から　土の鉢へ植えかえたのに

大きくなるたびに　大きな鉢に植えかえて
もっと大きく　もっともっと大きく　立派にそだてよう
もっとたくさん　もっともっとたくさん　花を咲かせよう
もっと大きく　もっとたくさんと　欲を出し　出してしまって

今年の春に　分厚く大きい鉢に　植えかえたばかりに
贈られた時は　直径三センチの大きさだったのに

小学六年生の　息子に贈られたものだったのに

誕生祝いに　贈られたものだったのに
長雨の　雨のたびに　避難させられなくて
庭で　軒下で　玄関で　十七年間　生きてきたのに

たった一度　たった一度だけ
東西南北に　四つの花を咲かせただけで

ぼくのサボテンは死んだ　死んでしまった
今年の夏の　季節はずれの長雨で

メリと表彰状

メリ

メリは柴犬の雑種だ。可愛がった記憶はあまりない。むしろ素気ないくらいだったが、気が向いた時には散歩に連れて行った。散歩用の綱を手にすれば自然児のメリは欣喜雀躍した。元気な頃は近くの許斐山《このみやま》に登り、往復三時間の行程は普通であった。それが加齢と共に、一時間になり、三十分になり十五分になった。やがてそれさえもできなくなってしまった。足腰がすっかり弱ってしまったのだ。メリの生活圏は庭だけになった。終日おぼつかない足取りで庭を歩く。視覚も聴覚もほとんど失い、わずかに残っている嗅覚で、鼻を地面につけるようにしながら歩く。それもすぐに庭木や庭石に足を取られるようになり、まっすぐ歩くのも困難になり、立ち上がるのも数回は失敗するようになった。しかしそれでもメリは諦めず庭を歩き続けた。歩けなければ終わりであるのを知っているようでもあった。一月八日の昼下がり、メリの悲鳴に庭を見ればもう全く立ち上がれなくてもがいていた。明らかに混乱している様子だったが、最後まで死の手に抗い生き抜こうと必死に格闘しているようでもあった。平成二十年一月十三日の午後、別れの言葉のように最後に大きい呼吸を一つして十七年と五ケ月と一日、共に暮らしたメリは死んだ。

表彰状

今年の一月亡くなりました
昨年いっぱいは生きていたのですね
はい昨年は生きていました
ペットの霊園で火葬しました
今は骨壺に入れています
一年後に散骨するつもりです
そうですかしかし
昨年十二月三十一日現在生きていたのでしたら
十八歳の犬の表彰に該当しますから
市の中央公民館に受け取りに来てください
でももう亡くなっていますし

十五歳の表彰を受けていますから
十五歳の表彰は十五歳の時のものです
今度は十八歳のものです
十八歳まで生きていた証明でもあります
きっと良い記念になるはずです
受け取りに来てください
亡くなってから受ける長寿の表彰にどんな意味があるのだろう
釈然としない気持ちで受け取り
メリの写真の横に
十五歳の時のものと並べて飾って
　あなたは、家族の一員として永年にわたり
賞状の文面を見つめていたら
忘れかけていたメリのことが
次々に思い出され

視線を写真に移すと
寝そべっていたメリがゆっくり起き上がり
写真の中から消えていった
同時に庭で物音がして
シッポを振り振り歩いているメリの姿がガラス越しに写っていた

窓を開ければ

娘の車に同乗する
少し暑いが
冷房を入れるほどでもない
我慢する
しばらくして
暑いねとつぶやいたら
窓を開ければ
ああそうだね
窓を開ければ

涼しい風が入ってきた
窓を開ける
そんなささいなことにも
気付けなくて
いたずらに
汗ばかり流していたことが
これまでにも
幾度もあったにちがいない
炎天下のように
不快な場面でも
窓を開けていれば
心の窓を開けることが
できていれば
さわやかに吹き抜ける

涼しい風に
辛い汗もきっとおさまっていたことだろう

Ⅲ

声

（こちらですよ）
聞こえてくる声に案内されて進む
部屋にはスキ焼の材料が揃っている
ビールもある　しかし誰もいない
道を間違えて三日も山をさまよい空腹はつのり気が付くと
山あいの別荘らしい一軒家にたどり着いていた

（空腹でしょう）
聞こえてくる声で箸を手にする

すると箸は前後左右　自在に動き
スキ焼の匂いが部屋いちめんに漂い
コップはいつのまにかビールで満たされている
霜降りの牛肉にその夜は久しぶりに安眠する

（道に迷わないで）
聞こえてくる声に起こされて目覚める
部屋にはご飯に卵焼き味噌汁の朝食が整い
弁当も水筒も用意されているが誰もいない
仕方なくお礼も言わないで出発する　しかしふたたび
道を間違えて三日も山をさまよい空腹はつのり気が付くと
山あいの別荘らしい一軒家の門前に立っていた

（また迷ったのですね）

聞こえてくる声に促されて部屋に入る
部屋には豪華な会席料理に　上等の日本酒もある
しかし誰もいない　緻密な細工の箸を手にすれば
箸は前後左右　自在に動き
煮物も揚げ物もお造りも極上で杯には金粉も浮いている
前後不覚でその夜は久しぶりに熟睡する

（こんどこそ迷わないで）
聞こえてくる声に励まされて目覚める
食卓には朝食の膳に　弁当に水筒
地図までも用意されているが誰もいない
仕方なく地図を持って記号に沿って歩く　しかしまた
道を間違えて三日も山をさまよい空腹はつのり気が付くと
一軒家の囲炉裏端で地鶏の水炊きを突いていた

山を降りる道はかならずある
山を降りる道はかならずある
呪文のように唱えながら
麓の町への脱出に備えて男は空腹を満たしている
しかし空腹を満たしている男の影は
炎に照らされ陽炎のように揺らめきながら
背後の壁に吸い込まれてしだいに細くしだいに小さくなっていく

霧

小さくカバンを振ってあなたは出かける。いつもと変わりない朝の光景だ。夕方になればうつむき加減のあなたが玄関のドアを開ける。今日も玄関のドアが開きいつものようにくぐもった声で入って来たのは　霧。人の形に立ち込めている霧だ。霧は浮遊し玄関から居間に居間から食堂に食堂から書斎に移動する。ときおり霧の中から独りつぶやく声が聞こえてくるがいつまで待ってもあなたの姿は見えない。

大きく手を振ってあなたは門で見おくる。いつもと変わりない朝の光景だ。一日の仕事を済ませて玄関のドアを開ければエプロン姿のあなたが明るい声で迎える。今日もいつものように玄関のドアを開けると　霧。人の形に立ち込めている霧だ。霧は浮遊し玄関から台所に台所から食堂に食堂から居間に移動する。ときおり霧の中からハミングする声が聞こえてくるがいつまで待ってもあなたの姿は見えない。

包装紙

言葉の包装紙で
意味を丁寧に包み
天地の取り扱いに注意しながら
配送する　しかし
途中で天地の文字が逆さまになり
包装紙は破れて
届け先では
意味があちこち壊れている

峠の道

越えて来た
やっと越えて来た
石ころの道を逃げるように歩き
平坦な道に入り　安堵して
立ち止まる　立ち止まり　振り返れば
峠の上に黒い雲が湧き稲妻が走り雷鳴がとどろいてくる
そして　振り返るたびに　いつも決まって
身体の中を音もなく形もなく擦り抜けていくものがある
音もなく形もなく擦り抜けていくものは

眼から　耳から　神経に
神経から　脳に　心に
空気のように擦り抜けて
お題目のように
告げていく

峠の道で転ばず踏み外さず正しく峠を越えるには
汝の鍵を探すべし鍵なくして峠の道の地図もなし
地図なき峠の道は迷路なれば正しくは越えられぬ
正しく越えぬ峠の道それはもはや峠の道にあらず
その道は唯の抜け穴なりその道は唯の抜け穴なり

石ころの道を過ぎて
平坦な道に入り　安堵して
立ち止まる　立ち止まり　振り返り
峠の上に黒い雲が湧き稲妻が走り雷鳴がとどろけば

峠の道で転び踏み外し正しく峠を越えられなかったのだ
どこまで歩いても　執拗に
峠からの冷たい風と雨と氷の冷気が追って来る
しかし　平坦な道に入り　振り返っても
峠の上に白い雲がたなびき　青い空が広がっていれば
鍵を手にし　地図に導かれ　正しく峠を越えて来たのだ
穏やかな道は
ずっと続くだろう
次の
峠の道に差し掛かるまで

皮袋

わたしの位置から見える皮袋について

意味骨を抜かれぐにゃぐにゃの皮袋が　米粒大から大豆
大　大豆大から拳大と　ぐちゃぐちゃになって集まって
いる。長短の違いはあるけれど同じ太さのものは　ひと
固まりになって　前に後ろに右に左に　きれいに並んで
いる。まれに等身大のものまであるのにはびっくりする
が　空気を入れて膨らますと　皮袋の一つひとつの形は
見覚えのある言葉らしい姿になる。しかし肝心の意味骨
が見当たらないので　本来あるべき位置にあるはずの言

葉の目も鼻も口も　手も足もかいもく分からない。
しかも皮袋は　脱ぎ捨てられた衣装のようになっても空気の動きに従ってつぎつぎに変形する。大きな丸になりでこぼこの丸になり　円柱になり　ありえないと目を疑う三角形になり　四角形になり　菱形になり　楕円形になり　円錐形になり　一秒も一つの形に固定しないから同じ形を認め合い　共有することは至難の技となる。
そのうえ乾燥しているように見える皮袋から　しばしば滲みだす体液は　茶色の皮袋を　赤色に青色に　黄色に緑色に　黒色に灰色に　くるくるくる　くるくるくると見ているうちから変色させるので　色彩による交感も高度で特殊な技術が不可欠となる。
ときおり花の香り　香水の香り　脂粉の香りが皮袋から漂い　慰藉の空気に包まれるように思えることもあるが

ひと呼吸すれば　腐敗と汚泥と糞尿の表現しがたい悪臭に取り囲まれている。皮袋と交信し　心を通わせることは　ほとんど不可能に近い。

せめて意味骨の破片のいくつかでもあれば　繋ぎ合わせて想像し　皮袋の集合体について　少しぐらいは読解もでき理解もできるだろうが　意味骨がきれいさっぱり抜かれて　欠片も残っていない　ぐにゃぐにゃの皮袋では一寸の取り付く島もない。たとえ隠された存在意義が皮袋にあったとしても　その意義がまったく分からなければ　無用のものとして

無視することが一番の対処法なのである。

太陽のピラミッド

メキシコ中央高原
宗教都市遺跡テオティワカン
高さ六十五メートル*の太陽のピラミッド
二百四十八段の石の階段を手すりの右側から登る
一九九〇年十一月九日
太陽は真上にあり夏のように暑い
汗ばむ額　心地よい風
木造の神殿が建っていた　という
標高二千三百六十七メートルの太陽のピラミッド

その頂上に立つ
右手に高さ四十七メートルの月のピラミッド
遺跡の中央を貫く幅四十五メートルの死者の道
遠くまで遮るもののない壮大な大地
湧きあがる雲　蒼く果てしない大空
真昼の高原の光と風の織りなす大気
五体は風景に溶け込み
心は異次元の世界に囲まれる
　想念が全身の皮膚から
血管の隅々まで浸透すれば
想念は天啓となり
心を通過し魂を捉える
一瞬の天啓
抱きしめることはできない

しかし電光の天啓は
記憶の海の底に深く沈む
二〇一七年十一月十日
手術後十八日間で退院し
十二段の石の階段を手すりの左側から登る
高い棕櫚の木の上にある青い空
木蓮の葉をそよがす秋の深い風
見慣れた楓の庭の昼下がりの光
光の背後から　不意に
稲妻のように落下してきたテオティワカンの記憶
　この世に生きた証に
おまえは愛する者に
何を伝えて
何を残して

この生者の丘からあの死者の道に降りていくのだ
メキシコ中央高原
宗教都市遺跡テオティワカン
高さ六十五メートルの太陽のピラミッド
木造の神殿が建っていた　という
標高二千三百六十七メートルの太陽のピラミッド
その頂上で
聞こえてきた声
その声が　今
記憶の海の底から甦り
白い奔馬の波頭で
老年のわたしに真正面から迫ってくる

＊　ピラミッドの高さ等については諸説あり。

空の模様

展望台の東屋から
眼下の公園を一望し
遠い山並みに連なる緑の景色に眼を移す
空は青い水彩のように澄み
白い綿の雲が浮かんでいる
この日の風景に会うことは
もう二度とないだろう
ぼくは深呼吸を一つして
心の中で手を振ってゆっくり歩きはじめる

少年の季節は
たしかに明るい光に満ちていた
しかし光の隙間には影も潜んでいる
勝っても負けても
ぼくは影と格闘しなければならなかった
青い空が
影におおわれて闇にならないように
父も母も彼岸に渡り
もはや知る方法はない
とつきとおかの彼方から
この世に到着してひと声大きく泣いた
二万五千五百五十日前の
ぼくの誕生の日の
空の模様は

そうするしかない
それがいい
それが一番いい
ぼくは決断し
震える指で日めくりのカレンダーを破り
新しい季節を迎えた
その日の
空の模様は
どうしても思い出せない
めぐる季節は
日に日に深まり錯綜し
駿馬のように加速する
白い綿の雲も
千々に乱れて

影はしだいに膨張する
しかし影の隙間には光も住んでいる
ぼくは両手で包み消えないように胸に抱きかかえる
青い水の空
白い綿の雲
この世の真冬の日々に眼に入るものは何だろう
天井の木目
障子の紙魚
襖の山水画
庭の木蓮と
楓の上の空
空はどこからが始まりでどこまでで空は終わるのだろう
眼を凝らしても分からない
空は端のほうからいつも大気の奥に消えていく

分からなければ分からないという
問の花を抱えて
分からないまま空の下で生きていく
それがこの世で分かるということなのだろう
見上げれば
昼下がりの空は
いちめんの灰色
空の下には
冬枯れの庭
春になれば
木蓮に楓に蠟梅
いっせいに芽吹き
庭のそこかしこ色鮮やかに花は咲く
ガーベラ　パンジー　チューリップ　ラッパ水仙　矢車草

筑後川

石垣下の運動場、正面の市指定建築物の久留米大学医学部の建物、昔のままだ。だが現代風の家が並ぶ付近の景観は大きく変貌している。

天守閣跡には、久留米藩主有馬家の歴史資料館、海の幸で名高い画家青木繁の記念碑、郷土の作家の文学碑が新しく建っている。

資料館を見学し城の外堀であった筑後川を一望する角のベンチに座る。眼下に流れる筑後川は往時の姿と少しも変わりない。青い水面を滑ってくる風は五月の陽光に汗ばむ肌に心地よい。

城跡から初めて筑後川を眺めたのは高校生の時だ。学校近くの篠山城はしばしばぼくら文芸部員の放課後の溜まり場になった。

少年が罹患する春の熱病に、ぼくら誰もが感染し発熱しながら、夢について人生について、夕暮れも忘れて語り合った。有明海に流れこむ九州一の大河、青い筑後川にそれぞれの希望の船を浮かべて。

四十年ぶりの筑後川は今日も悠然と流れている。

だが視線を定めれば、昔の水勢は衰え川面の表情にも希望に輝く光はない。溶岩のように熱く飛び交った少年の日の言葉も、今は冷たい石ころのようだ。

夢について人生について、それでも後遺症のように繰り返し呟いているのは、日常の隙間から少年の日の筑後川の光が射し込み、青い一筋の流れとなり、わたしの心を染め上げてしまうからなのだ。

大地の記憶のように滔々と流れ続ける筑後川。

八十路に入り、地上に居ることがまだ許されていたら、もう一度このベンチから眺めてみたい。眼下の筑後川は源流の透明な一滴で諭すように示してくれるに違いない。現世の正体とその素顔について。

思いは二十年後に託し久留米駅に向かって歩く。

五月の陽光に弾ける若葉のように駈けてくる青い体操服の高校生の一団とすれ違いながら。

あとがき

還暦を越え、古稀を迎えると、人生は日に日に加速し草原を駆け抜ける駿馬のように過ぎて行く。詩集『ぼくは手紙を書く』を編んでから、怠けていたわけではないが、すでに九年の歳月が流れてしまった。

詩は一言では定義できない。また、人から教えてもらえるものでもない。生々流転し、一つとして同じ形をとどめない、この世の喜怒哀楽の日々から学ぶものであり、得られるものである。

詩はその形も決まってはいない。あるようでないようなものだから、書くことそれ自体は、さほど難しいことではない。思うままに自由に書けるからである。しかし、放っておけばすぐに消える想念に言葉の衣装を着せてその姿を浮き彫りにすることは、簡単なことではない。

詩を一つ仕上げることは、森の中で道なき道を探して、行ったり来たり歩きまわっているようなものである。

後期高齢者の今、体力と気力の衰えは否めない。それでも、机に向かいパソコンを開けば、小川でいっしんに浮子を見つめていた少年の日の無心の時がよみがえってくる。そして、水面を割り銀鱗を光らせて一篇の詩が姿をあらわす歓喜の瞬間が来れば、それで釣果はもう十分である。

詩集を編むにあたり、土曜美術社出版販売社主の高木祐子様には、的確なご助言をいただき、大変お世話になりました。心より感謝申し上げます。

ありがとうございました。

二〇二〇年　晩秋

福冨健二

著者略歴

福冨健二（ふくとみ・けんじ）

一九四四年　福岡県に生まれる

詩集『黄昏が森を照らすとき』（葦書房）一九七一年
『樹と魚と』（葦書房）一九七二年
『断片29』（私家版）一九七四年
『相似形』（芸風書院）一九八六年
『遠い家族』（葦書房）一九九二年
『福冨健二詩集』（選詩集・私家版）二〇〇二年
『落葉私信1』（私家版）二〇〇二年
『遠い家族』（新装改訂版・私家版）二〇一一年
『ぼくは手紙を書く』（書肆侃侃房）二〇一一年

所属　久留米連合文化会　福岡県詩人会　日本詩人クラブ　各会員

現住所　〒811―3221
福岡県福津市若木台二丁目十一番十二号

詩集　一本《いっぽん》の草《くさ》は思《おも》った

発行　二〇二〇年十二月十日

著者　福冨健二
装丁　直井和夫
発行者　高木祐子
発行所　土曜美術社出版販売
〒162-0813　東京都新宿区東五軒町三―一〇
電話　〇三―五二二九―〇七三〇
FAX　〇三―五二二九―〇七三二
振替　〇〇一六〇―九―七五六九〇九

印刷・製本　モリモト印刷

ISBN978-4-8120-2613-7　C0092